NOUS ON N'AIME PAS LIRE.

NOUS ON N'AIME PAS LIRE...

MARIE-AUDE MURAIL
ILLUSTRÉ PAR SOPHIE LEDESMA

De La Martinière

Jeunesse

S O M M A I R E

À QUOI ÇA SERT DE LIRE ?

LE MANUEL DU PARFAIT LECTEUR

Cher mauvais lecteur,

Je vous ai rencontré au CDI de votre collège (ou si ce n'était pas vous, c'était quelqu'un qui vous ressemblait beaucoup). Ce jour-là, vous m'avez demandé :

— Quand on n'aime pas lire, on fait quoi ?

C'est pour vous répondre que j'ai écrit ce livre. Évidemment, c'est un pari que de s'adresser par écrit à quelqu'un qui n'aime pas lire. Je n'ai pas le choix. Vous êtes des centaines, des milliers de non-lecteurs et je voudrais parler à chacun de vous. Je vous écris parce que le livre est le meilleur des porte-voix.

Pour commencer, je voudrais vous poser une question : « Vous dites que vous n'aimez pas lire. Êtes-vous sûr que vous SAVEZ lire ? » Vous allez hausser les épaules, et pourtant... Pourtant, ceux qui « n'aiment pas lire » ont souvent eu des difficultés au moment de l'apprentissage de la lecture et ils en gardent la trace à l'âge adulte. En France, en 1996, des centaines, des milliers d'adultes ne peuvent pas lire une étiquette sur une boîte de conserves.

Encore une fois, vous allez hausser les épaules. Vous n'avez jamais acheté une barre de Mars en croyant que c'était du Nuts. D'accord. Dans le savoir-lire, il y a plusieurs étapes. Ce que je vous propose, c'est de voir où vous en êtes dans votre savoir-lire.

Mais votre problème est peut-être tout autre. Vous étiez un dévoreur de « J'aime lire » au CE2. Or, depuis votre entrée au collège, lire, ça ne vous dit plus rien. Y a-t-il une raison à cela ? Vous manque-t-il d'avoir trouvé sur votre route quelqu'un qui aime lire ? Ou bien les lectures imposées vous ont-elles dégoûté ?

Au fond, à quoi ça sert de lire ? Vous pensez peut-être qu'à l'époque de l'ordinateur et de la télé, le livre, c'est bien démodé. Bref, ce fameux « plaisir de lire » existe-t-il ailleurs que dans la tête de votre professeur ?

MAUVAIS LECTEUR,
POURQUOI ?

DÉCHIFFRER
N'EST PAS LIRE

QUATRE DEGRÉS
DANS LA LECTU

US LIRE ?

« DYSLEXIQUE », C'EST PAS UNE INJURE

PAS TOUJOURS FACILE L'ÉCOLE

UN PROBLÈME DE MATURITÉ

ANALPHABÈTE, ILLETTRÉ !

Non, ce ne sont pas des injures du capitaine Haddock, mais deux réalités du monde d'aujourd'hui. La France est le seul pays à faire la distinction entre ces deux mots. Alors, profitons-en.

Un *analphabète* n'a jamais appris à lire. C'était courant au XIXe siècle. Cela reste fréquent dans les pays du tiers monde. Avec la scolarité obligatoire, ce cas est devenu rarissime en France.

Un *illettré* a appris à lire, mais il a oublié. On compte en France 2,3 millions d'adultes qui ont des difficultés pour parler, lire ou écrire en français. Plus de 1 million d'adultes ne peuvent pas remplir un chèque. La moindre démarche administrative les terrifie, écrire un mot d'excuse pour un enfant leur est impossible. L'illettrisme fabrique les exclus d'aujourd'hui et aussi ceux de demain.

– Je lis, mais je lis robot.

C'est ce que répond le jeune Ali à Pierre Bourdieu, un sociologue. Il veut dire qu'il lit syllabe après syllabe, comme une machine. Sa lecture produit bien des sons, mais elle n'a pas de sens. Cela me rappelle l'histoire de ce jeune soldat qui lit le journal, les sourcils froncés.

– Alors, lui fait son copain de régiment, quelles sont les nouvelles ?

Et l'autre lui répond, sur un ton d'évidence :

– Ben, j'en sais rien. Je lis !

11,5 % DES ÉLÈVES NE SAVENT PAS LIRE

 est le résultat d'une étude réalisée dans les classes de sixième. Cela fait plus d'un jeune sur dix qui *déchiffrent* au lieu de lire. Déchiffrer, c'est arracher les mots du texte, syllabe après syllabe. C'est un effort si violent que l'on comprend mal ce que l'on lit. Certaines études prétendent que 20 % des nouveaux collégiens ont obtenu la note zéro pour dix questions de compréhension d'un texte. Un élève sur cinq n'a donc rien compris à ce qu'il a lu. Vous vous sentez déjà moins seul…

Toutefois, si vous avez pu me comprendre jusqu'ici, c'est que vous n'êtes pas gravement, ou que vous n'êtes plus, *dyslexique*. Ce mot vous rappelle quelque chose ? Une charmante dame que vous alliez voir, le lundi, après l'école… Mais oui, bien sûr, l'orthophoniste ! Elle vous apprenait à distinguer le P du B du Q, elle vous corrigeait patiemment quand vous écriviez « lécureil » ou « un nânne ». Qu'est-ce exactement que la dyslexie? Ça vous arrive d'ouvrir le dictionnaire? De temps en temps, ça vaut le détour :

« La dyslexie, ou difficulté d'apprendre à lire chez l'enfant d'intelligence normale, est un trouble qu'il est important de reconnaître et de rééduquer pour éviter des conséquences nocives sur le développement de la personnalité et l'adaptation sociale. »

Bref, c'est embêtant, mais ça se soigne.

OÙ EN ÊTES-VOUS, AUJOURD'HUI?

 n sait aujourd'hui qu'il y a quatre degrés dans la lecture :

1. Le degré zéro de la lecture : c'est bien sûr l'analphabète.

2. Le déchiffrement de survie : c'est le jeune Ali.

3. Le déchiffrement véloce, c'est-à-dire accéléré. Attention! c'est peut-être vous. Prenez le temps de vous observer. Est-ce que vous suivez la ligne du doigt en lisant? Est-ce que vous remuez les lèvres pendant votre lecture, sans faire de bruit? Plus subtil : est-ce que les mots que vous lisez font vibrer vos cordes vocales? Vous pouvez vous en assurer en posant la main sur la glotte pendant que vous lisez. Plus subtil encore : est-ce que vous entendez mentalement chaque mot que vous lisez? Si la réponse est oui à l'une de ces questions, c'est que vous « oralisez » votre lecture, vous n'êtes donc pas parvenu à la lecture silencieuse, au stade de…

4. La lecture efficace. Jusqu'à ce qu'il ait six ans, j'ai lu des livres à voix haute à mon fils Charles. Un soir, comme j'allais continuer la lecture de la veille, Charles m'a pris le livre des mains.

– C'est pas la peine de continuer, maman. Maintenant, je lis plus vite tout seul.

Et il a emporté le bouquin. Il avait constaté que, quand je lisais à voix haute, ses yeux à lui couraient devant. La lecture silencieuse est l'une des grandes conquêtes de l'homme. Au Moyen Âge, on lisait à voix haute, on lisait peu, on lisait lentement. Le bon lecteur d'aujourd'hui fait, en vitesse de pointe, du 50 000 mots à l'heure. Un lecteur prodige lit un livre de poche de 200 pages en trente minutes. Il lit des yeux sans prononcer les syllabes, même dans la tête, en balayant le texte à la recherche de mots clefs qui lui en donnent le sens.

COMMENT CONNAÎTRE SA VITESSE DE LECTURE ?

Allez emprunter en bibliothèque un livre du genre de celui de Jean-Claude Sire, *Lecture rapide* aux Éditions d'Organisation ou bien la *Méthode de lecture rapide* de François Richaudeau. Le livre vous fournit un texte de plusieurs pages, mais c'est à vous de vous procurer un chronomètre. Attention, un, deux, trois, lisez! Quand vous avez fini, vous notez votre temps de lecture, puis vous vous reportez à une table de correspondance qui vous donne votre vitesse de lecture, c'est-à-dire le nombre de signes lus à l'heure (chaque lettre et chaque blanc entre les mots compte pour un signe). Mettons que vous avez mis dix minutes pour lire le texte. Alors vous faites du 39 000 signes à l'heure. Le lecteur rapide en fait 150 000…

MAUVAIS LECTEUR, POURQUOI ?

C'est le titre d'un livre de Jacques Fijalkow qui passe en revue toutes les raisons que vous pourriez avoir de ne pas savoir bien lire. Attention… accrochez-vous. Ce n'est qu'un mauvais moment à passer.

Il y a des gens qui prétendent que « ça se passe quelque part dans le cerveau ». Vous ne seriez pas tout à fait normal. Hum… On n'a pas encore trouvé la case vide étiquetée « dyslexie ». La preuve que ça se passe dans le cerveau, insistent les mêmes : c'est héréditaire. On est dyslexique de père en fils. J'ai envie de leur objecter qu'on est souvent pauvre de père en fils, chômeur de père en fils. Les chômeurs pauvres font d'excellents dyslexiques. Peut-être qu'on apprend mal dans 20 m² avec la télé qui hurle et le petit frère qui pleure ? C'est une explication qui en vaut une autre. Par exemple, celle du défaut de latéralisation. Il y a des enfants qui sont mal latéralisés, c'est-à-dire qui confondent la droite et la gauche et qui ont du mal à s'orienter. Tout à fait mon portrait. Eh bien, croyez-moi ou non, je mélange droite et gauche, mais je sais faire la différence entre P et B.

UN PROBLÈME DE MATURITÉ

Autre explication : les maîtresses aiment bien dire que certains enfants ne sont pas mûrs. Si vous faites pipi au lit, si vous sucez deux doigts pour vous endormir, si vous ne savez toujours pas nouer vos lacets, vous n'êtes pas mûr pour la lecture. Problème : mon fils Charles a su lire bien avant d'être propre. Qu'est-ce que c'est au juste la maturité?

Allez, encore une explication! Les enfants qui parlent « bébé » et manquent de vocabulaire vont avoir du mal à passer à l'écrit. Mais vous connaissez beaucoup d'enfants qui ne comprendront pas le sens de : « Papa a puni Pipo »? Or, c'est ce qu'on trouve dans un manuel de lecture au CP. Ah! parlons-en un peu du manuel de lecture! Vous savez ce qu'en pense votre mémé? « On n'apprend plus à lire comme dans notre temps. B.A.-BA, ça, ça marchait. » Hélas! non, ça ne marchait pas mieux que les méthodes modernes. Pas moins bien non plus. Les spécialistes ne savent plus qu'inventer pour expliquer votre cas. Tenez, si vous lisez mal, c'est peut-être à cause du verbe « lire ». Car, dans le verbe : « il lit », il y a le mot « lit » qui vous fait penser au lit de papa et maman et vous vous demandez si c'est bien dans un chou-fleur qu'on vous a trouvé. Pour tout arranger, vos parents ont divorcé et vous êtes jaloux de votre petite sœur. Sans compter que vous avez eu la scarlatine au CP et que la maîtresse vous avait dans le nez!

LIRE, C'EST TOUT UNE HISTOIRE

hacun a sa vie. Tous les bébés écarquillent les yeux devant les images rouges, vertes ou bleues.

Tous les petits d'une classe de maternelle se collent à la maîtresse quand elle va raconter une histoire. Au départ, tous les enfants ont le même élan, la même curiosité. Pourtant, dès le début, tout est en place pour que certains aiment lire et pas les autres. Il y a ceux qui ont leurs albums à la maison, une maman qui raconte des histoires le soir, et qui sont inscrits à une bibliothèque. Et ceux dont les parents ne lisent jamais et n'achètent jamais un livre. L'école devrait combler ces inégalités. C'est le contraire qui se produit. Dès le CP, certains enfants vont apprendre qu'ils sont « nuls ». Qui le leur dit?

Peut-être la maîtresse, peut-être les parents. Mais surtout le livre lui-même. Ce fichu livre qui se refuse à eux, qui les embrouille avec ses « gue, que, che ». Le livre est parfois la première blessure profonde. Ce n'est pas le genou qui saigne parce qu'on est tombé de vélo. C'est le cœur qu'on entaille. J'ai entendu un jour une maman qui croyait sans doute bien faire et qui s'acharnait chaque soir sur son fils dyslexique. Et on répète la leçon de lecture, et on recommence encore, et vas-tu te mettre ça dans la tête ! Je lui ai dit :
– Mon filleul était dyslexique. À présent, il dessine.

On ne fait pas de fautes d'orthographe quand on dessine. Ni quand on joue du piano, ni quand on danse, ni quand on marque des paniers au basket, ni quand on dévale les rues en rollers. Tous les enfants ont évidemment leur chance. Le problème, c'est que la réussite scolaire passe par le livre. Livre de maths, de sciences, d'histoire, de géographie. Quelle que soit la matière, il faut savoir lire, bien lire, lire vite, lire tout le temps. Le livre est le chemin obligé de la réussite. Il est chargé de toute l'angoisse des parents qui veulent que leurs enfants réussissent. De quoi le détester mille fois.

SEXE MASCULIN + ÉTRANGER + PAUVRE = ?

Le mauvais lecteur est plus rarement une mauvaise lectrice. Pourquoi ? Il y a tout de même des gens qui finissent par l'avouer : l'école, ce n'est pas bon pour tout le monde. Les garçons qui remuent tout le temps, les Benoît qui se prennent pour Superman, les Karim insolents, ils ne sont pas « mûrs » pour l'école. Ou c'est l'école qui n'est pas faite pour eux, avec ses tables pleines d'angles, ses chaises trop raides, ses murs sans fenêtres, ses fenêtres jamais ouvertes !

L'école est dure pour ceux qui sont différents. Dans une classe de trente enfants, il y en a en moyenne trois qui ne pourront pas être aidés par leurs parents au moment d'apprendre à lire et écrire, car leurs parents ne savent ni lire ni écrire.

L'autre jour, dans le XVIIIe arrondissement parisien, j'ai rencontré des enfants de CM1. De toutes les races, de tous les pays. Et pauvres. Jamais de vacances. Ils ne connaissent que les deux rues entre l'école et la maison. La maîtresse leur avait lu une de mes histoires : *Les Secrets véritables*. Il y est question d'une vieille maison de campagne aux volets qui battent.

– C'est quoi, « volets »? a demandé soudain Amin.
La maîtresse, toute contente, a expliqué. Les maîtresses aiment qu'on leur demande le sens des mots. Mais le mot est revenu une deuxième fois.
– C'est quoi déjà, « volets »? a redemandé Amin.
La maîtresse, un peu moins contente, a réexpliqué. Puis elle a proposé un exercice à trous aux enfants.
– Vous mettez les adjectifs qui manquent, a-t-elle dit, pensant que chacun avait compris. Amin a lu : « C'est une… maison, avec des volets… » et il a écrit : « C'est une grande maison avec des volets ball. »
Sur le moment, ça me fait rire. Puis je pense qu'Amin n'a jamais vu de maison de campagne aux volets qui claquent par temps d'orage. Parce qu'Amin n'est jamais allé à la campagne. Et ce n'est pas si drôle que ça finalement.
Sexe masculin + étranger + pauvre = Amin.
C'est lui qui remplit le mieux les conditions pour devenir mauvais lecteur.

LIRE, C'EST VOTRE HISTOIRE

Vous êtes une fille. Vos parents roulent en Rolls Royce et vous êtes née à Concarneau. Sexe féminin + Française + riche. Rien à voir avec Amin, sauf que vous avez eu des problèmes pour apprendre à lire. Vous en souffrez encore. La fiche de lecture sur *Le Horla* de Maupassant, c'est votre cauchemar.

Pourtant, comme tous les enfants, vous avez eu très envie d'apprendre à lire. Avec tout ce qu'on vous avait dit sur la grande école! « Et tu vas savoir lire, et tu seras une grande, tu pourras prendre les livres de ton frère... » La gloire, quoi. Première leçon de lecture, le mardi de la rentrée : « papa pipe papa a une pipe pipo pipe pipo a la pipe. » D'abord, votre père avait arrêté de fumer. Ensuite, vous ne connaissiez absolument pas ce Pipo. Et enfin, qu'est-ce que c'est, ces idioties?

C'est Bruno Bettelheim, un célèbre psychiatre, qui

a montré les dégâts que pouvaient faire les manuels de lecture imbéciles sur les enfants intelligents. Certains enfants très doués pensent qu'on se moque d'eux. Ils ont honte d'avoir à lire : « viens, marc, viens et saute. je viens, je saute. » Et, ajoute Bruno Bettelheim, ces livres racontent des choses si peu intéressantes que certains enfants ne peuvent pas se concentrer sur le déchiffrage. Ils pensent à autre chose, surtout s'ils ont des soucis.

LA LECTURE N'EST QU'UN OUTIL

Comment on apprend à lire reste bien mystérieux. Si on savait exactement comment ça marche, il n'y aurait pas d'illettrés ni d'enfants dyslexiques. Mais personne n'a exactement la même histoire. Personne n'apprend à lire de la même façon.

Il y a des enfants qui ont une mémoire auditive ; ils apprennent en enregistrant. Il y a des enfants qui ont une mémoire visuelle ; ils retiennent en photographiant. La lecture à voix haute sera épatante pour les premiers ; les autres préféreront tout naturellement la lecture des yeux.

Il y a des enfants qui ont une intelligence analytique. Ils aiment décomposer les choses : B.A.-BA, ça leur va. Mais il y a ceux qui ont une intelligence synthétique. Ils aiment les choses entières. Ils repèrent la forme du mot « bateau » et verront que « banane » commence de la même façon. Ils sont bons pour la méthode globale. Comment la maîtresse va-t-elle s'en sortir avec trente enfants, trente personnalités différentes, trente histoires !

On a demandé à des enfants à quoi ça servait d'apprendre à lire. Nombre d'entre eux ont répondu : Ça sert... à apprendre à lire. Personne n'avait songé à leur dire que la lecture n'est qu'un outil. Pourquoi avez-vous appris à lire si ce n'était pour entrer dans le ventre des livres ? Pour pouvoir ressentir des émotions aussi fortes que celles des personnages qu'on y rencontre ?

LES CLASSIQUES, PRISE DE TÊTE ?

ASTÉRIX, C'EST AUSSI DE LA LECTURE

BALZAC, ÇA M'ENNUIE...

FAÇONS DE LIRE

ATTENTION, LE NIVEAU MONTE !

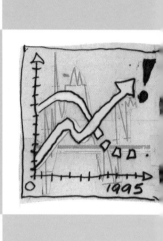

À BAS LA LISTE-DES-LIVRES-À-LIRE

DRACULA, C'EST MOI

EST-CE QUE LE NIVEAU BAISSE ?

« **O**n a fait le *Journal d'Anne Frank* au début de l'année », me dit un jour un prof dans un collège de Romainville.

J'avais en face de moi des élèves de cinquième. Le professeur leur avait fait faire des fiches de lecture et il avait obtenu des commentaires tels que : « Anne Frank s'appelait comme ça parce qu'elle est née à Francfort. On l'a envoyée dans un camp de colonie de vacances. Il ne faut pas être trop raciste avec les hitlériens. » Et le prof de conclure :
– Consternant, non?

Je suppose qu'on vous a déjà fait le coup du niveau qui baisse. Chaque année, vous montez d'un cran et le niveau baisse d'autant. La classe d'avant la vôtre était nettement supérieure et les professeurs confieront à vos parents accablés qu'ils n'ont jamais ren-

CYBERS

contré autant de nullités au mètre carré. « Les copies fourmillent de fautes d'orthographe. Il semblerait que, dans les lycées et les collèges, on n'apprenne plus la langue française. » De quand date ce sévère jugement? De votre dernier conseil de classe? Non, vous n'y êtes pas. De 1864! Les adultes ont toujours pensé à tort ou à raison que le niveau de leurs cadets avait baissé.

On a fait des tests de lecture dans trente pays auprès d'enfants scolarisés de neuf à quatorze ans. Pour les élèves du niveau CM1, les petits Français arrivent, selon les tests, en première ou en deuxième position. En classe de troisième, les jeunes Français sont en première position, tous résultats confondus. Vous êtes les meilleurs et on ne vous le disait pas! Mais cela ne vous console pas d'avoir à lire *Eugénie Grandet* pendant vos vacances de Noël.

DES LIVRES DIFFICILES

 À mon avis, le professeur de Romainville a commis deux erreurs en proposant le *Journal d'Anne Frank* à ses cinquième. La première, c'est de faire suivre une lecture d'une fiche de lecture, c'est-à-dire de mettre de l'écrit sur de l'écrit. Il faut d'abord parler. Il se serait alors aperçu de l'ignorance de ses élèves. En cinquième, on n'a pas encore étudié la guerre de 1939-1945. Ce qu'on en connaît, c'est Belmondo dans *L'As des as*. La seconde erreur, c'est donc de faire lire à des jeunes un livre qui demande des références qu'ils n'ont pas nécessairement.

Qu'est-ce qu'une *référence*? C'est une connaissance qu'on doit avoir pour comprendre ce qu'on lit. Je vous en donne un exemple que j'ai trouvé l'autre jour en lisant *L'Événement du jeudi*. Le journaliste disait à propos de Jacques Chirac, nouvellement élu président de la République : « Jacques Chirac, c'est Lazare ressuscité. » Pour comprendre cette phrase, il faut avoir lu les Évangiles. Dans l'Évangile de saint Jean, Jésus va chez son ami Lazare et apprend qu'il est mort. Il se rend au tombeau et demande qu'on l'ouvre. La sœur de Lazare proteste :
– Seigneur, il est mort depuis quatre jours.
Mais on obéit à Jésus et celui-ci dit d'une voix forte devant le tombeau :
– Lazare, sors !
Alors, Lazare, tout ficelé de bandelettes comme une

momie, apparaît sur le seuil de la grotte où on l'avait déposé. Dire de Jacques Chirac qu'il est « Lazare ressuscité », c'est donc faire référence à cette histoire. Le journaliste veut faire comprendre à son lecteur que le cas de M. Chirac était aussi désespéré que celui de Lazare. Son élection est un véritable miracle!

Certains livres, plus que d'autres, font référence à la Bible, à la mythologie grecque et latine, à l'histoire antique, etc. Voilà une chose qui rend la lecture de certains classiques difficile.

VOUS N'AIMEZ PAS EUGÉNIE GRANDET...

Êtes-vous normal? La réponse est oui. Pourtant, *Eugénie Grandet* est un chef-d'œuvre. Balzac n'est pas un imbécile, ni vous non plus. Supposons que vous avez un bon niveau de lecture, que votre prof vous a donné toutes les références pour comprendre ce roman. Et, malgré tout, vous n'accrochez pas. Trois pages, et c'est bonne nuit, les petits!

L'écrivain Daniel Pennac dit qu'il y a deux verbes qu'on ne peut pas conjuguer à l'impératif, aimer et lire, car on ne peut pas dire « aime! » et on ne peut pas ordonner : « lis! ». Alors, vous dire : « Aime ce que tu lis! », c'est un comble.

Je me souviens de mon fils Benjamin en sixième qui étudiait des extraits du *Roman de Renart*. Ce soir-là, il peinait plus particulièrement sur les fameuses questions de compréhension du texte :

« 1. Relevez les éléments comiques du récit. » Il me regarda, avec un air désolé :

– Et si ça ne me fait pas rire, je fais quoi?

Bonne question. Et l'on pourrait ajouter : si ça ne me fait pas rêver, pleurer, réfléchir?

ET POURTANT...

n classe de première, pour préparer le bac de français, Benjamin a dû lire beaucoup de classiques, se faire une culture à la va-vite. Deux lettres persanes de Montesquieu, trois chapitres dans Diderot et... toutes les *Confessions* d'un certain Jean-Jacques Rousseau. Là, sa lecture n'a plus été scolaire. Elle est devenue rencontre, elle est devenue dialogue, peut-être parce que Rousseau parle de son enfance et de son adolescence. Si certains chefs-d'œuvre ont laissé Benjamin complètement froid, c'est qu'il n'avait pas de territoire commun avec l'auteur. Dans la vie courante, il y a bien des gens que vos copains trouvent « super cool » et

que vous, vous ne pouvez pas encadrer. Mon fils est un fanatique de Tolkien, un écrivain d'héroïc-fantasy. Je l'ai vu lire et relire *Le Seigneur des anneaux*. Puis il s'est mis à dessiner des cartes et des pays pour s'éloigner avec Bilbo le hobbit. J'en étais heureuse pour lui. Moi, je n'aime pas Tolkien. Les hobbits, ça me tape sur les nerfs. Mais je sais que ça n'y change rien : Tolkien est un grand écrivain. Vous n'aimez pas *Eugénie Grandet* parce que vous êtes vous. Balzac s'en remettra. Mais vous, du coup, vous prenez en grippe tous les bouquins et vous répétez à qui veut l'entendre : « J'aime pas lire. » Si vous disiez plutôt : « J'aime pas les corvées » ?

LA LISTE-DES-LIVRES-À-LIRE

L'adolescence est un âge où l'on n'aime guère la contrainte. Quand on vous demande comment vous choisissez vos lectures, vous répondez : « C'est un copain qui m'en a parlé. » Le conseil d'un parent, d'un prof, est tout de suite suspect, et quand ce conseil devient une obligation, vous faites tout pour vous y soustraire. Ma sœur qui est aussi écrivain m'a avoué récemment qu'elle n'avait jamais pu lire les livres étudiés en classe. Si encore la contrainte se limitait à deux ou trois classiques que l'on sacrifierait chaque année en les dépeçant page après page. Mais non! La prof de français veut vous faire découvrir le plaisir de lire.

– Je vous ai fait une liste de livres, dit cette dame que vous aviez un moment crue sympathique. Il faudrait que vous en choisissiez un par mois et que vous me fassiez une fiche de lecture.

La mort dans l'âme, vous vous êtes rendu à la bibliothèque et vous avez cherché avec la bibliothécaire lequel était le moins gros. Tous les ans,

mon fils s'est vu proposer les mêmes titres, comme s'il n'y avait que douze livres sur la planète! Tous les ans, le même serpent de mer est ressorti du sac de la prof. C'est la liste-des-livres-à-lire. Pourquoi toujours *La Gloire de mon père, Vendredi ou la Vie sauvage* et *Le Colonel Chabert*?

Les profs le constatent de plus en plus souvent : les jeunes « n'accrochent » pas aux classiques. « Si les élèves ne peuvent plus lire Racine, se lamentent-ils, c'est parce que le niveau baisse. » Or, « le niveau monte », c'est le titre d'un livre qui vient de le démontrer, chiffres à l'appui. « On est bien obligés d'étudier les classiques à cause du programme », disent encore les professeurs. En réalité, jusqu'en troisième, les professeurs peuvent choisir d'étudier une œuvre contemporaine, un roman policier, un ouvrage pour la jeunesse. Ils ont beaucoup plus de liberté qu'ils ne l'avouent. Enfin, dernier argument pour ne rien changer à rien : « De toute façon, les jeunes ne lisent plus. » Et ça, c'est carrément faux.

CAR VOUS LISEZ, CHER MAUVAIS LECTEUR

La preuve, vous êtes arrivé à me suivre jusqu'ici. Vous n'auriez pu le faire sans une certaine pratique de la lecture. C'est en lisant que l'on devient lecteur, mais pas forcément en lisant la liste-des-livres-à-lire. Quand on demande à un jeune de douze ans un nom d'écrivain, on a droit invariablement à :

– Victor Hugo !

Quand on lui demande ce qu'il a lu dernièrement, il répond neuf fois sur dix :

– *Le Bourgeois gentilhomme* (parce qu'il l'étudie en classe cette année), ou *Poil de Carotte* (parce qu'il est sur la liste du prof).

La vérité, c'est que dernièrement il a lu *Mickey Jeux, Fou de foot* et *Astérix chez les Helvètes*. C'est grâce à ces trois lectures qu'il a maintenu en état ses capacités de lecteur. *Le Bourgeois gentilhomme*, il n'a rien compris. *Poil de Carotte*, il a recopié la fiche de lecture de sa sœur aînée.

On dit de la bicyclette que, quand on a appris à en faire, on n'oublie plus. Ce n'est pas vrai de la lecture. On compte qu'il faut huit années d'une scolarité régulière pour faire un lecteur (du CP à la quatrième). Un illettré, c'est quelqu'un qui a désappris à lire. Sans doute a-t-il eu, au départ, une scolarité agitée et des problèmes de dyslexie. Puis le livre et lui se sont séparés. Une recette de cuisine lui sera un casse-tête, un imprimé de la Sécu lui donnera des sueurs froides, le mode d'emploi d'un magnétoscope coréen lui fera faire des cauchemars.

TOUT EST BON À LIRE

lors, pour ne pas devenir un handicapé des Temps modernes, cher mauvais lecteur, je vous en prie, entretenez la mécanique. Lisez ce qui vous plaît. *Mickey Jeux* est un excellent magazine, le foot une noble passion et Astérix un héros national. J'ai chez moi des dizaines et des dizaines de bandes dessinées et les ados/adultes de passage sont bien contents de les y trouver. Ne vous laissez pas intimider par ceux qui classent les livres en « bons » et « mauvais ». La lecture, c'est ce que vous voulez, quand vous le voulez. Les bibliothécaires ont parfois des discussions, presque des disputes, pour savoir si elles doivent accepter sur leurs rayons des mangas comme *Dragon ball Z* ou des romans du club des Cinq. Elles ont tort d'hésiter. Quand j'avais douze ans, je lisais moi aussi *Pif Gadget* ET Molière. Tout est lecture.

CENDRILLON, C'EST MOI

La lecture des romans ou des biographies apporte cependant des plaisirs particuliers. On demande à la petite Sarah, encore à la maternelle :

– Tu aimerais apprendre à lire ?

Elle approuve en secouant la tête frénétiquement.

– Et pourquoi ?

– Parce que je vois ma grande sœur. Elle lit des livres et quelquefois elle pleure. Pis elle lit des autres livres et elle rigole !

Rire, pleurer, avoir peur... Voilà ce qu'apporte la lecture d'un roman et que ne vous donneront jamais les *Recettes faciles de Françoise Bernard*. Mais pour qu'un roman apporte des émotions, il faut y croire. Les jeunes lecteurs, plus que tous les autres, ont besoin de se retrouver dans un livre. On ne lit pas tellement pour découvrir des choses nouvelles, mais plutôt pour retrouver des choses que l'on sait déjà, des émotions, des sensations, des sentiments que l'on connaît.

LA PAROLE DU PSY

Bruno Bettelheim (le psychiatre du premier chapitre) pensait que les enfants aiment les contes de fées parce qu'ils se prennent pour Cendrillon ou pour le Petit Poucet. Les enfants sont parfois jaloux de leurs frères et sœurs ou ils se sentent repoussés par leur belle-mère. Ils souffrent dans leur famille parce qu'ils sont les plus jeunes, ou à l'école parce qu'ils sont les plus petits. Dans le conte de fées, ils vont prendre parti pour le héros qui leur ressemble, cette Cendrillon maltraitée par la marâtre, ce Petit Poucet moqué par ses frères.

Il y a des livres dans lesquels les jeunes trouvent des héros proches d'eux auxquels ils vont s'identifier. Qu'est-ce que *s'identifier*?

C'est se prendre pour le personnage. « Lui, c'est moi », se dit le jeune lecteur. Mais, en même temps, il sait que ce n'est pas vrai. Quand on s'identifie à un personnage, on ressent ses émotions, on vit ses expériences… mais à l'abri. Si le héros meurt, on reste en vie. On est un pauvre orphelin battu, tout en mangeant son pain au chocolat. Dracula rôde autour du lit, mais on entend au salon les voix familières des parents qui préparent le repas et des frères et sœurs qui se chamaillent.

Vous ne vous êtes identifié ni à Eugénie Grandet ni au bourgeois gentilhomme (mais plutôt à Dracula). Si c'est votre seul problème avec la lecture, ce serait bête de vous fâcher avec les livres pour si peu.

**ET ILS NE
SONT PAS TOUS
MORTS...**

**TROP DE
PERSONNAGES ?**

**TROP DE MOTS
COMPLIQUÉS !**

UN ÉCRIVAIN ?

ILS NE SONT PAS TOUS VICTOR HUGO

LE LECTEUR A LE DROIT DE RÉCLAMER

ÉCRIVEZ-LE À L'ÉCRIVAIN

À QUOI ÇA RESSEMBLE, UN ÉCRIVAIN ?

Souvent, les enfants m'accueillent en s'écriant, stupéfaits : « C'est *vous*, Marie-Aude Murail? »

Un écrivain, c'est vieux, nécessairement. Ou c'est mort. Mais ça ne met pas de baskets. Au moment de nous séparer, des collégiens m'ont d'ailleurs avoué : « On pensait qu'un écrivain, c'était quelqu'un de barbu et de barbant. » Vous aurez sûrement reconnu Victor Hugo.

Un professeur de techno avait demandé à ses quatrième de faire un texte sur le thème : « Si j'étais un écrivain » et de me l'envoyer. Cela donnait : « Si j'étais un écrivain, j'achèterais une villa sur la Côte d'Azur, une très grande piscine et une super voiture. Je voyagerais partout dans le monde, je m'habillerais à la mode, même quand je serais très vieille. J'espère que je passerais souvent à la télé. »

Riche ou pauvre, l'écrivain? Si c'est riche, c'est sûrement très riche. Comme me l'a écrit une jeune lectrice : « Mes parents m'ont dit que je ne serai pas écrivain parce qu'on n'est pas assez riches. » Mais si c'est pauvre, c'est sûrement très pauvre.

– Et… vous en vivez? me demandent mes lecteurs, persuadés que je gagne trois noisettes pas plus. Ou encore mieux :

– Ça doit vous coûter cher, tous ces livres.

Chaque fois qu'on me pose des questions matérielles sur mon métier ou sur ma façon de vivre, je sors mes contrats avec les éditeurs et mes feuilles de droits d'auteur. Je gagne ma vie, je paye des impôts, j'ai la Sécurité sociale et trois enfants, je mange à ma faim, j'ai une maison mais je dois économiser encore un peu pour ma Cadillac. Écrivain, c'est bien un métier. Quand, à la fin d'une rencontre, un petit garçon qui rêvait de devenir motard vient me confier à mi-voix :

– Je vais faire écrivain aussi. Écrivain motard, je lui assure qu'il a parfaitement raison.

POURQUOI ÉCRIT-IL?

Après ce que je viens de dire, vous allez répondre : « Pour boucler ses fins de mois. » C'est un peu plus compliqué que cela. Sur les quatre enfants de la famille Murail, trois sont écrivains et l'aîné est musicien. Notre maman aimait par-dessus tout les livres et la musique. Son père était sculpteur et elle a épousé un poète. Elle-même était journaliste. Bref, la littérature, c'est comme la potion magique pour Obélix. On est tombés dedans quand on était petits. Mais nous aurions pu nous contenter, comme beaucoup de gens, d'écrire pour nous et de ranger nos petits papiers dans un tiroir. Un écrivain n'est pas quelqu'un qui écrit. C'est quelqu'un qui veut être lu.

ET UN ÉCRIVAIN JEUNESSE ?

Il veut être lu par les jeunes.

– Est-ce que c'est plus facile d'écrire pour nous que pour les adultes? m'ont demandé des collégiens d'une classe de cinquième.

Eh bien, pas vraiment. Surtout quand on prend le risque d'aller voir ses lecteurs. J'étais venue rencontrer des élèves de troisième au Salon du livre de Montreuil, et le premier à prendre la parole m'accueillit très fraîchement d'un :

– On comprend rien à votre roman. Il y a trop de personnages et on les mélange tous.

Les jeunes qui lisent des écrivains vivants ont cette supériorité sur ceux qui lisent des classiques qu'ils peuvent déposer une réclamation s'ils ne sont pas contents du livre. Si vous le faites par écrit, l'éditeur transmettra votre lettre à l'écrivain. Une mystérieuse correspondante qui signait ses lettres « votre cygne grise » m'avait ainsi conseillé d'écrire plus sobrement si je voulais plaire aux jeunes :

« Ma sœur aînée trouve que votre roman est pas mal, mais il y a trop des mots compliqués et elle peut pas regarder dans le dictionnaire toutes les pages. »

Les premières fois que j'ai reçu ces plaintes de clients mécontents, j'ai eu envie de fermer tout de suite le guichet. Mais je les ai finalement écoutées et j'ai mieux compris les difficultés que rencontrent les mauvais lecteurs. « Ça me fatigue de lire, me disent-ils, j'ai commencé votre bouquin mais j'ai pas pu finir. » Or, vous le savez maintenant, c'est en lisant qu'on devient lecteur. Quand on lit rarement, si l'écrivain met en scène plus de cinq personnages, on râle comme le jeune de Montreuil : « Mais c'est quoi, ce bin's? » Quelle tête il ferait s'il devait lire (pour lundi) un roman russe racontant comment la radieuse Nastassia Ivanovna Balabine (Nacha pour les intimes) hésitait à donner sa main au comte Andreï Sierguieivitch Kovaliov parce qu'elle aimait en secret le jeune Mikhaïlo Pavlovitch Velchaninov !

COMMENT ÉCRIT-IL?

Je cherche à écrire des livres qu'on ne peut pas s'empêcher de lire. Comment faire pour que vous, mon cher mauvais lecteur, vous ayez envie de tourner cette page, puis cette autre? Comment faire pour que tout s'arrête, le temps d'un livre, alors qu'il y a vos rollerblades qui refroidissent dans le couloir et qu'il vous faut absolument rappeler Marine avant 17 h 30 précises?

Oh! j'ai bien quelques « trucs », mais ils ne marchent pas à tous les coups. Par exemple, je coupe le récit avec des dialogues.

– Les dialogues, dit-elle, ça se lit plus vite.

– Et puis, dit-il, ça donne du rythme.

Mais au bout de deux ou trois « dit-il », « fit-elle », mon lecteur inexpérimenté est complètement paumé. Qui c'est qui dit quoi? Rendez-moi ma bédé!

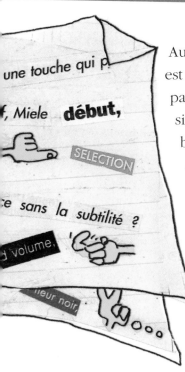

Au moins avec les bulles, on voit qui est en train de parler. Cela explique en partie le grand succès de la bande dessinée auprès de ceux qui n'aiment pas beaucoup lire.

Autre « truc » pour vous faire lire : j'écris presque tous mes romans à la première personne du singulier. Hélas! le (très) mauvais lecteur s'interroge : quel est ce « je » qui me parle dans la tête et qui n'est pas moi? Est-ce l'auteur? Mais l'écrivain dont on voit la photo sur la couverture ne ressemble pas à un ado. Alors, on me demande :

– Tu le connais Émilien? C'est ton fils?

À ces quelques exceptions près, le « roman-miroir » marche bien. On appelle ainsi les romans où le héros a l'âge et les préoccupations du lecteur. On peut aussi, à la place du « je », employer le « vous » qui interpelle. C'est ce que je suis en train de faire en *vous* parlant! Les fameux « livres dont vous êtes le héros » ont trouvé un public chez les mauvais lecteurs, malgré des descriptions plutôt longues de grottes, de manoirs et de dragons... C'est ce qu'on appelle des « romans interactifs » : le lecteur a la sensation d'écrire l'histoire, c'est lui le héros, il décide s'il veut ou non décapiter le dragon avec l'épée empoisonnée. Quand je vous dis « vous », je vous parle de la chose la plus intéressante que vous connaissiez : c'est vous.

DES LIVRES-QUI-BOUGENT

Enfin, dernière méthode pour vous accrocher, l'écriture-qui-zappe. Je passe souvent d'un ton à un autre, du rire aux larmes, par exemple, je change d'endroit, de jour, de situation, de point de vue. J'ai longtemps été persuadée que cette rapidité, ce mouvement convenait à la génération du clip et de la pub. Or, tout récemment, une jeune collégienne m'a demandé :

– Pourquoi c'est différent, tes histoires ? On lit quelque chose, on tourne la page, et c'est encore autre chose…

Elle m'a fait penser aux personnes âgées qui ont du mal à suivre l'action dans les nouveaux films. Autrefois, on filmait toute l'action : l'homme ouvre la porte, sort ses clefs, verrouille sa serrure, descend l'escalier, marche sur le trottoir, s'arrête devant sa voiture, ouvre sa portière. Désormais, l'homme claque la porte de son appartement et se retrouve, la seconde suivante, filant sur l'autoroute. Mais ma jeune lectrice, qui suit très bien le film, perd vite le fil de sa lecture. Car elle manque de pratique.

DES MOTS QUI PARLENT

Reste le fameux problème du vocabulaire. Ma jeune conseillère la cygne grise m'a prévenue : « Si tu veux qu'on te comprenne, parle normal. »

Pour parler d'une même chose, on a souvent plusieurs mots à sa disposition. On peut dire : la tête, le visage, la figure, le minois, la tronche, la caboche, la gueule, etc. Il est fréquent d'avoir le choix entre un mot tout simple et un mot plus compliqué. Par exemple : danger et péril, plage et grève, chemin et sente… Un jeune garçon, futur écrivain, me disait l'autre jour :

– Ça m'arrive de marcher des heures de long en large pour trouver un mot plus compliqué que celui que j'ai écrit.

À quoi j'ai répondu :

– Et, dans quelques années, tu marcheras de large en long pour en trouver un plus simple.

L'écrivain jeunesse a, en fait, plusieurs solutions. De deux mots, il peut choisir le plus simple. « Danger à Angers » plutôt que « Péril au Brésil ». Ou il garde le mot compliqué et l'explique en bas de page avec un astérisque qui permet d'en donner le sens : « * Le péril, c'est le danger. »

Dernière solution, l'écrivain garde le mot compliqué, mais il le rend compréhensible. Par exemple, il écrit : « Gustave savait que sa vie était en péril, mais il aimait les sensations fortes et la mort qui vous frôle. » Or, en écrivant cette phrase, je viens de m'apercevoir que certains lecteurs ignorent le sens du verbe « frôler »! Alors, là, je peux choisir un synonyme, un mot de même sens. Ce qui donnera : « Gustave savait que sa vie était en péril, mais il aimait les sensations fortes et la mort qui s'approche. » Je sais que ce n'est pas une phrase facile. Au temps présent, ce serait mieux : « Gustave sait que sa vie est en péril, mais il aime les sensations fortes et la mort qui s'approche. » Peut-être faudrait-il aussi la couper : « Gustave sait que sa vie est en péril. Mais il aime les sensations fortes et la mort qui s'approche. » Et puis, si vraiment vous ne comprenez toujours pas, je vais envoyer Gustave au lit jusqu'à la prochaine fois!

Il m'arrive de repenser à Amin qui ne connaissait pas le sens du mot « volet » et là, le vertige me prend. Jusqu'où dois-je aller pour me faire comprendre? Pour vous pousser à lire? Mais, au fait, pourquoi est-ce que je veux que vous lisiez?

**LIRE POUR
COMPRENDRE**

**LIRE POUR
S'ÉVADER**

**LES LIVRES
N'ONT PLUS
LA COTE**

LIRE POUR APPRENDRE

LIRE PARCE QUE C'EST INTERDIT

LIRA-T-ON ENCORE DEMAIN ?

LIRE COMME ON RESPIRE

Il y a encore quelques mois quand les jeunes me demandaient si je lisais beaucoup, je répondais :

– Je ne fais pas que ça. Il y a plein d'autres choses dans la vie qui me passionnent. Maintenant, je dis que je lis tout le temps. Ce qui est plus près de la vérité.

Dès le petit déjeuner, je m'instruis en lisant, au dos des boîtes, la composition du Muesli ou les conditions pour gagner un t-shirt Chocapic. À côté de moi, mon fils Charles qui a pris mes manies lit Gaston Lagaffe, en tartinant ses manches de Nutella. Puis j'essaye de terminer le *Télérama* de la semaine en surveillant la petite Constance pour qui « dévorer un livre » signifie bien s'en mettre plein la bouche. Au cours de la matinée, à chaque moment de tranquillité, je lis : le courrier du jour, mes notes de la veille, le *Sciences et Vie* qui traîne dans la cuisine. Dans la rue, je guette les gros titres des journaux : « La femme à deux têtes va avoir un enfant » ou bien « Nouveau drame pour Patrick Sabatier ». Faut-il faire le rapprochement ?

Dans la salle d'attente du pédiatre, dans la file d'attente de la poste, moi, je n'attends pas. Attendre quoi ? J'ai un bouquin dans ma poche. Debout, assis, on peut toujours lire. Quand je reviens chez moi, j'ai mon petit bonheur de fin de journée : le journal que le postier a glissé dans ma boîte. Puis au lit, ce soir, je terminerai mon bouquin ou le *Sciences et Vie* du matin.

Lorsqu'on me demande ce que je lis en ce moment, le plus souvent, je réponds : « Rien. » Rien parce que tout. C'est si naturel de lire, machinal au fond.

– Vous dites ça parce que vous êtes écrivain.

Le garçon d'Épinay, assis en tailleur au milieu des autres, a le regard clair et la voix qui vibre. Je m'accroupis pour être à sa hauteur.

– Non, dis-je, lire est plus important qu'écrire. Si je n'écrivais plus, je lirais encore. Je reste parfois des semaines sans écrire une ligne, mais jamais un jour sans lire. Crois-moi, avant d'être un écrivain, je suis une lectrice.

Il me croit. Ses yeux se troublent de larmes.

– Tu liras, dis-je, ça se voit.

– Je n'aime pas lire.

– Tu liras. Ça se lit sur toi.

– Oui.

Je lui ai arraché ce « oui ». Parce qu'il avait tout pour faire le meilleur des lecteurs.

Moi, j'ai lu pour mieux jouer. J'avais sept ou huit ans. Le jeudi, j'étais Zette et mon frère Jo. Ma sœur faisait peut-être le singe Jocko? Ou nous étions prisonniers des Incas, cachés derrière des caisses et tenant une bougie à la main.

– Attention, disait mon frère en soufflant sur la bougie, voilà les Incas!

Monsieur Hergé, merci pour les heures de jeux que vous nous avez données.

Je lis encore parce que j'ai faim d'imaginaire et qu'à force d'écrire mon stock de rêves s'épuise.

J'ai lu pour être la fille la plus savante de la terre. J'avais douze ou treize ans. J'ai commencé à apprendre le dictionnaire.

Vous serez navré d'apprendre que j'en suis restée au A. Mais je lis encore. Le monde entier est un grand livre ouvert.

J'ai lu parce que mon père lisait et que je voulais être la fille de mon père. Un jour, il m'a dit :
– Anatole France, ça n'était pas si mal écrit…
J'ai lu tout Anatole France. Je pense que je n'ai pas tout compris.

J'ai lu parce que c'était interdit.
– Mais ça ne va pas de lire ça! a dit maman, rougissante et me reprenant prestement le livre.
C'était un roman assez cochon de Restif de la Bretonne. J'avais treize ans. Je n'ai sûrement pas tout compris…

J'ai lu pour percer les mystères du monde. Les apparitions de la Vierge, les soucoupes volantes, les tables qui tournent, le diable, les médiums, l'au-delà. J'ai lu une nuit dans un presbytère des histoires de petite fille possédée et de couteaux se plantant d'eux-mêmes dans les murs. J'avais quatorze ou quinze ans. La peur de ma vie.

Je lis toujours pour tenter de comprendre. Je ne laisse pas la télé penser pour moi, me dire des Serbes ou des Bosniaques qui a tort et qui a raison, si je dois avoir peur de Le Pen ou non. Je reste livre-penseur.

J'ai lu pour apprendre à aimer. J'ai eu des amours de papier, mais si passionnées que c'était presque mieux que du vrai. Je suis tombée amoureuse d'un personnage de Charles Dickens, Eugène Wrayburn, j'ai écrit ses initiales sur mon poignet, j'ai couché avec le livre. J'avais dix-sept ans. Un an plus tard, j'étais mariée. Mon mari ne s'appelle pas Eugène, mais mon fils est bien prénommé Charles.

J'ai lu à chaque pas de ma vie. Enceinte à vingt-deux ans, j'ai lu tous les livres de pédiatrie,

de pédagogie, de psychologie qui me tombaient sous la main. Pour être prête, le moment venu. Mais même avant d'avoir un chat, j'ai acheté le *Larousse du chat* et pour planter trois géraniums sur mon balcon, il m'a fallu *L'Agenda du jardinier*. Ma mère a eu un cancer et oui, oui, j'ai lu des livres pour comprendre la maladie, pour savoir comment aider celui qui souffre.

LIRE POUR S'ÉVADER

Écoute-moi : j'ai failli mourir l'an dernier en ayant mon dernier petit bébé. Après une opération et une réanimation sous assistance respiratoire, je me suis retrouvée sur une civière, les mains enfin détachées, mais avec un sac de sable sur le ventre et des heures de souffrance devant moi. J'ai appelé l'ombre blanche qui passait.

– S'il vous plaît, mademoiselle…

L'infirmière de « réa » s'est approchée. Allais-je lui demander de l'eau, un calmant?

– Vous n'auriez pas quelque chose à lire?

J'ai vu sur son visage qu'elle n'avait jamais entendu cela dans cet endroit. Elle s'est éloignée, puis est revenue avec un sourire complice :

– J'ai *Femme actuelle*.

Je me suis immédiatement accrochée aux « Dix conseils pour bronzer sans danger cet été », comme si ma vie en dépendait.

Je viens de perdre ma maman. J'ai lu l'Évangile.

Il m'a semblé que je ne l'avais jamais lu. Il y a des livres qui ressemblent à nos chagrins : infinis.

Et cet été, avec Charles, je lis les *Mémoires d'un âne* de la comtesse de Ségur. Saviez-vous que, pour faire taire un âne, on doit lui attacher une pierre à la queue? Car les ânes ont besoin de lever la queue pour braire! Charles et moi, on rigole bien.

Je lis « pour me venger de la vie », comme m'avait écrit une jeune fille. Je voulais être explorateur... J'ai dans la tête l'Alsace fleurie des cerisiers de *L'Ami Fritz*, les renards argentés du grand Nord de Curwood, la brume flottant sur la Tamise de Dickens. J'ai dans le cœur des centaines de destins qui sont devenus les miens, tout un apprentissage que le seul temps d'une vie ne peut pas apporter.

Je lirai demain, car j'ai tant à apprendre et tant à oublier.

ET SI ON N'A PAS LE TEMPS DE LIRE ?

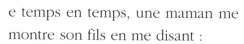

De temps en temps, une maman me montre son fils en me disant :

– Y a rien à faire pour qu'il lise.

Un peu comme elle viendrait consulter chez le médecin pour un problème de végétations. En fait, c'est la maman que j'ai plutôt envie d'ausculter :

– Et vous, est-ce que vous aimez lire ?

Savez-vous ce qu'elle me répond ?

– Ben dites, si vous croyez que j'ai le temps !

Qu'est-ce que son fils va penser ? Que les adultes ont des choses autrement sérieuses à faire que de lire des livres. Donc que, pour devenir adulte, il ne faut pas lire. Vous avez si bien intégré cet argument du surmenage des adultes que vous me le ressortez. Quand je vous demande :

– Et pourquoi tu ne lis pas, le soir ?

Vous me répondez :

– Avec tout le boulot que j'ai, cette année ! Et puis le soir, je suis crevé.

Sachez donc une chose : le temps, c'est comme l'indépendance que vous réclamez à vos parents, personne ne vous en fera cadeau. Le temps, on ne l'a pas, on le prend.

LES LIVRES, C'EST CHER

Pour bien des gens, d'ailleurs, lire n'est qu'un passe-temps, faute d'avoir mieux à faire. C'est plutôt une affaire de bonne femme : un « Harlequin » pour le métro, *Paris-Match* chez la coiffeuse. Ou c'est un truc de paresseux pour couper aux corvées :

– Dis donc, tu pourrais pas mettre la table au lieu de rester à lire !

Lire, ce n'est pas pour tout le monde. Il faut avoir fait des études. Comme me disait ma concierge quand j'étais petite fille :

– C'est pas pour moi, les livres. Puis ça coûte de l'argent et j'ai pas les moyens.

– C'est pas bon marché, vos livres, me disent les parents, qui sont pires que ma concierge.

Eux qui n'hésitent pas à vous acheter des Super Nintendo pour Noël et des Walkman Sony à 900 balles tiquent devant les 50 francs du bouquin. Je leur fais observer :

– Et votre rosbif de dimanche à 70 francs, c'était bon marché ? Pourtant, il n'a servi qu'une fois. Alors que les livres pour la jeunesse, c'est comme les vêtements, on les repasse au cadet et après au petit dernier !

Au total, les livres, ça n'est utile que pour les jours de pluie à la campagne. Quand il fait beau, bien sûr, pas question de lire. Le bon air, d'abord. D'ailleurs, des livres, on en a toujours trop. Comme cette maman qui dissuadait sa fille d'en acheter un :
– Mais t'en as à la maison, tu les lis même pas !

LES LIVRES, C'EST POUR LES INTELLOS !

Ceux qui aiment les livres finissent par ne plus oser le dire. De ce mot magnifique d'intellectuel, on a fait une injure : « intello ! » J'ai assisté à une fête du livre où il était question de faire de la reliure, de décorer des masques, de récompenser les gagnants du concours de dessin et de lâcher des ballons. Comme dans ces contes où l'on a oublié l'une des fées, le livre n'avait pas été invité. On n'allait quand même pas ennuyer les enfants par une si belle journée... Vous trouvez que j'exagère ? Et vous, alors, qu'est-ce que vous en pensez ?

Quand l'écrivain passe vous voir dans votre classe, vous lui assurez que « lire, c'est bien, que c'est mieux que de regarder la télé ». Vous trouvez même de super arguments en faveur de la lecture :
– C'est mieux de lire un livre que de voir le film. Parce que, quand on lit, on se fait son film dans la tête, on est libre de voir le personnage comme on veut. Après, on voit le film et on est déçu.

Vous seriez presque convaincant. Le problème, c'est que vous êtes loin d'être convaincu.

ON A MIEUX À FAIRE

La preuve? Même ceux qui ont été de bons lecteurs dans l'enfance « décrochent » à l'adolescence. Comme disent les bibliothécaires désolés à propos des ados : « On les perd! » Les éditeurs savent bien que vous n'êtes pas une « cible commerciale » très intéressante. Quand vous étiez petits, vos parents vous achetaient des livres pour que vous fassiez des progrès en lecture. Maintenant, vous n'appréciez guère les livres comme cadeaux et vous réservez votre argent de poche à d'autres usages. Le livre, même le roman policier, ressemble trop au travail scolaire. La télé, c'est du divertissement et rien d'autre. Vous savez que *Hélène et les Garçons* ou *Classe mannequin*, c'est nul. Mais ça repose la tête après le collège. Après tout, les adultes en font autant en revenant du boulot.

On vous a déjà vanté le « plaisir de lire », mais vous avez compris que c'est un plaisir solitaire. On peut écouter de la musique ensemble, aller voir un film en bande. Mais on lit tout seul. On parle facilement de ce qu'on a vu à la télé, la veille. On ne raconte guère le livre qu'on vient de terminer. Trop intime : dis-moi ce que tu lis, je te dirai qui tu es. Lire, ça demande un peu de calme, et tout bouge en vous. Un peu de silence, et vous vivez dans le bruit. Un peu de solitude, et vos copains, c'est sacré. On avait demandé à des jeunes du techno ce qu'ils pensaient du « lecteur ». Pour eux, c'était un type mal dans ses pompes, un binoclard qui lisait parce qu'il n'osait pas draguer. D'ailleurs, la couverture d'un bouquin, c'est épatant pour cacher son acné! Mais même un élève d'une seconde dite classique avoue au sociologue François de Singly :

« Nos sujets de conversation, c'est le cinéma, l'amour, les relations entre nous. Pas la lecture, parce qu'on pense que ça ne va pas intéresser les autres. En plus, on dit ça fait intello. C'est pas de lire un bouquin, c'est d'en parler. C'est comme ça, ça passe mal. Pourquoi j'en parle pas non plus? Parce que je suis un mouton. » Pour lire heureux, lisons caché? Dommage...

71

LE LIVRE EST DÉPASSÉ !

Quand on défend le livre, c'est souvent pour de mauvaises raisons :

– Si tu lisais plus, tu ferais moins de fautes et tu serais plus intelligent!

– Lis des classiques, ça te sera plus utile pour ton examen et ta culture générale.

Quand on attaque le livre, c'est avec de solides arguments. C'est un Canadien, Marshall McLuhan, qui, dans *La Galaxie Gutenberg*, a le premier ouvert le feu. Selon lui, l'audiovisuel allait condamner la lecture. Bien sûr, au tout début de sa mode, on a aussi dit de la bicyclette qu'elle allait faire disparaître le livre... Reconnaissons que, depuis les années 1980, les Français, et notamment les jeunes dans la tranche d'âge quinze-vingt-quatre ans, lisent moins. Parallèlement, la durée d'écoute de la télévision a fortement augmenté. Alors?

En ce siècle de l'image, allons-nous retourner à la civilisation de l'oral, celle d'avant Gutenberg? Pas

besoin de savoir lire pour suivre un film ou pour parler affaire au téléphone. Pas de fautes d'orthographe quand on donne des instructions à sa secrétaire au magnétophone. Et puis, à quoi bon lire des romans quand on a les jeux vidéo et bientôt la réalité virtuelle? Au moins, l'image, ça déménage. On est au siècle de la vitesse, vivons avec notre temps!

ET POURTANT...

Passons à la contre-attaque. C'est vrai, nous sommes envahis par les écrans, mais nous sommes à l'ère de l'ordinateur plus encore qu'à celle de la télé. Or, sur l'ordinateur, que voit-on le plus souvent? De l'écrit. À l'avenir, on lira sans doute moins sur papier, plus sur écran. Ce sera toujours lire. Et croyez-vous que les images naissent comme ça, de rien? La majorité des films est inspirée de romans. *Jurassik Park*? C'est un livre. *Germinal*? C'est de Zola. *Aladin*? Tiré des *Mille et Une Nuits*. *Le Hussard sur le toit*? Giono, etc.

Même quand il n'est pas inspiré d'un livre, un film est d'abord un scénario soigneusement écrit. J'ai vu ma sœur, qui est scénariste, retravailler jusqu'à dix fois les dialogues d'un film! Les acteurs ont l'air très naturel, mais ils n'improvisent guère. Une chanson? C'est d'abord un texte, surtout dans le rap où la tchatche est reine. Il faut entendre MC Solaar parler de son amour des mots et du dictionnaire. C'est prise de tête, le rap, et tant mieux! Et le journal télévisé? Ce sont des informations qui défilent sur un prompteur et que lit le présentateur. Tout est écrit. Les images, d'ailleurs, il vaut mieux s'en méfier. Rien de plus terriblement efficace qu'une image qui ment. Vous rappelez-vous ces corps mutilés de Timisoara qu'on nous a montrés au journal télévisé et qui n'étaient que de la mise en scène pour nous horrifier? Siècle de l'image ou siècle des apparences? Difficile à dire…

L'IMAGINATION, ÇA SE TRAVAILLE

Quant à croire que les jeux vidéo vont nourrir l'imaginaire des jeunes, autant vouloir me faire avaler que Dorothée et les Musclés vont les cultiver! Vos profs se plaignent de vous et disent toujours la même chose :

– Ils n'ont aucune imagination, cette année!

Les manettes de la Super Nintendo font surtout travailler les articulations des doigts. Vous allez protester : « Au moins, c'est vrai que l'image, ça va plus vite que l'écrit. » Un zoom de la caméra sur le pay-

sage, c'est plus vite fait qu'une description. D'accord. Mais quelqu'un qui regarde un film ou une émission à la télé perçoit environ 9 000 mots à l'heure. C'est la vitesse de la parole. Un lecteur moyen, dans le même temps, aura lu 27 000 mots. C'est la vitesse du regard. Un journal télévisé d'une demi-heure représente quelques colonnes dans le journal *Le Monde*, donc quelques minutes de lecture. Efficace, l'image? Vous parlez d'une perte de temps! En plus, essayez donc de feuilleter votre télé, de revenir sur un moment qui vous a intéressé ou sur un détail que vous n'avez pas compris, de sauter un passage qui vous ennuie. Même en magnétoscopant et en zappant comme un malade, même en allant faire pipi à chaque coupure publicitaire, vous n'aurez jamais la souplesse d'utilisation d'un livre ou d'une revue (que l'on peut d'ailleurs emporter au cabinet).

ON NE PEUT PAS SE PASSER DE LECTURE

Soyons sérieux : si nous étions vraiment au siècle de l'image, y aurait-il autant d'illettrés au chômage? Non seulement au xxie siècle vous ne pourrez pas vous passer de la lecture, mais il faudra lire toujours plus, toujours mieux. Ce n'était déjà pas si simple de chercher un horaire sur un indicateur de la SNCF, mais c'est encore un autre exercice (où je n'excelle pas) de réserver sa place de TGV sur Minitel. Plus on avance vers l'an 2000, plus on demande au lecteur de compétences ou, si vous préférez, de capacités. On est allé jusqu'à dire que les gens qui ont aujourd'hui le BEP ou le CAP sont les illettrés de demain. J'ai moi-même ressenti cette brutale perte de mes compétences en entrant récemment dans ma bibliothèque de quartier. Je voulais trouver des renseignements sur les livres d'horreur et je me dirigeai vers les fichiers par matières. Horreur! Les fichiers avaient été informatisés et je me suis retrouvée en tête à

François-Miron

Hôtel

Groult, Benoîte et F

Fleutia

citation

Dhôtel, André

pouvait

tête avec un ordinateur. Après diverses fausses manœuvres et persuadée que tout le monde me regardait, j'ai abandonné. Là, l'adepte de la Nintendo aurait marqué un point. Voilà comment une militante de la lecture a dû se recycler pour avoir encore accès aux livres.

Les lecteurs aux compétences multiples seront les acteurs du XXIᵉ siècle. Les autres regarderont ou casseront la télé. La lecture est une bataille qu'il faut gagner.

**INSCRIVEZ-VOUS
À LA
BIBLIOTHÈQUE**

**ET UN
ABONNEMENT
À UNE REVUE ?**

**THIÈS ET MOKA
VOUS
CONNAISSEZ ?**

PARFAIT LECTEUR

COMBATTEZ LE TRAC DU LECTEUR

UNE PLANCHE, DEUX CLOUS, TROIS LIVRES

50 LIVRES À DÉVORER

ET SI VOUS LISIEZ ?

J'ai fait un pari en commençant ce livre. Le pari que vous me liriez.

Maintenant, je vais carrément faire un rêve. Le rêve que vous allez devenir un lecteur, et pourquoi pas même un lecteur assidu.

Si vous avez des difficultés de lecture, vous allez souffrir, je ne vous le cache pas. Bien des adultes sont dans votre cas. Certains réapprennent à lire dans des cours d'alphabétisation. D'autres font des stages de lecture rapide ou s'entraînent chez eux avec des méthodes. Cela prouve au moins que l'on peut progresser en lecture tout au long de sa vie. Ce livre n'est pas une méthode, mais je ne voudrais pas vous laisser sans quelques conseils.

On dit parfois de la lecture qu'elle exige une certaine passivité, entendez par là une certaine immobilité. En réalité, la lecture met tout le corps en jeu. Beaucoup de jeunes lecteurs fatiguent physiquement et ne peuvent réellement pas lire longtemps. Très concentrés sur le déchiffrage, ils froncent les sourcils et bloquent leur respiration. Au bout de quelques minutes, ils ont mal à la tête car leur cerveau n'est pas correctement irrigué. D'autres, par crainte de perdre leur ligne, en oublient de ciller. Résultat : les yeux leur sortent des orbites!

DÉTENDEZ-VOUS **V**ous souffrez du trac du lecteur. Commencez par relâcher le corps. Pensez à respirer, ne serrez pas les mâchoires. Mettez-vous donc un petit fond sonore, un disque plutôt que la radio. Prévoyez un en-cas, presque comme si vous partiez en pique-nique. Moi, je suis adepte du pain-beurre-chocolat avec un verre de lait.

Voyons maintenant où vous êtes installé pour lire. Si vous le pouvez, lisez à la lumière du jour. Elle est moins agressive que la lumière électrique. Mais comme vous lirez surtout après l'école, il vous faudra allumer votre lampe. Veillez à ce qu'elle ne vous éblouisse pas. Les lampes semi-argentées ou les halogènes reposent davantage la vue. Bien sûr, vous avez vérifié que vous n'aviez pas besoin de lunettes.

Pékin

Il est possible que vos yeux fatiguent vite. De temps en temps, pendant votre lecture, faites ce qu'on appelle le « palming ». Regardez autre chose que le livre : le ciel par la fenêtre ou le plafond de votre chambre. Puis mettez les paumes de vos mains sur vos yeux fermés sans appuyer. Vous allez peut-être voir des flashes orange ou jaunes, puis ce sera le noir complet. Revenez doucement à la lumière. Vous pouvez aussi ouvrir grands les yeux, les écarquiller, puis battre rapidement des paupières. Cet exercice permet d'humidifier l'œil sans le frotter. Et si le mal de tête menace, massez doucement les muscles autour des yeux, en insistant sur les tempes. Soufflez… Ouf! ça va mieux.

Maintenant, examinons où vous êtes assis. Bien sûr, lire au lit, c'est agréable. Mais de la position assise, on a vite fait de glisser à la position couchée. Si vous êtes à votre bureau, vous ne vous avachirez pas. Si vous êtes dans un fauteuil, faites comme moi, mettez un coussin ou un oreiller sur vos genoux et le livre sur le coussin. Tenir un bouquin à bout de bras, ce n'est pas confortable.

Ces conseils vous paraissent peut-être bien raisonnables. Je sais que les plus jeunes ont un besoin physiologique de remuer. Ils liront, les pieds au mur, à plat ventre, en se tortillant les cheveux ou en se décrottant le nez. Après tout, si cela peut les aider… qu'ils lisent dans tous les sens!

CHOISISSEZ BIEN

J'aimerais que vous vous preniez d'amitié pour les livres. Tout d'abord, comment les rencontrer? Il est rare qu'il n'y ait pas près de chez vous une bibliothèque (un dépôt de livres, un biblio-bus...) où vous pourrez emprunter des livres. Peu de formalités pour s'inscrire, généralement l'autorisation des parents et une quittance de loyer suffisent. Vous pouvez prendre romans, documentaires, revues et bandes dessinées pour zéro franc. Alors, ne venez pas me dire que les livres coûtent cher!

Comment nouer une relation avec les livres? Deux clous, une planche de bois et voilà votre bibliothèque. C'est indispensable d'avoir des livres à soi. On les couvre si on veut, on met son nom avec un tampon, on les prête ou pas, on les corne ou on glisse un marque-page, on souligne les passages qu'on aime ou on relève des citations dans un carnet. Bref, on est avec les livres comme on est dans la vie. Moi, j'aime bien que mes romans aient un petit air fatigué et portent la trace, même légère, qu'ils ont été aimés et dévorés. Autrement, à quoi bon les avoir faits?

Comment choisir ses lectures? C'est dur de se lancer dans l'inconnu. Partez de vos centres d'intérêt en les élargissant peu à peu. Par exemple, vous aimez le basket. Vous commencez par acheter une revue de basket en kiosque, puis vous vous faites offrir un livre sur Jordan, enfin vous empruntez à la bibliothèque un roman sur un gamin passionné de

basket comme vous : *Entre deux* de Marie-Noëlle Blin (à l'École des loisirs). Et du basket, pourquoi ne pas passer au rugby avec *Les Kilos en trop* de François Sautereau (chez Bayard Poche)?

Vous n'aimez pas trop qu'on vous offre des livres? Je vous comprends, je n'aime pas non plus. Mais pourquoi ne pas demander en cadeau d'anniversaire un abonnement à une revue que vous aurez vous-même choisie? Cela peut aller du sympathique Spirou au branché *Je bouquine*, en passant par *Télérama Junior* pour les fans de télé.

QUELQUES CONSEILS

Un jour, un ado, bon lecteur, s'est fait prêter un roman pour la jeunesse de Chris Donner. Après l'avoir dévoré, il l'a rendu à la fille qui le lui avait prêté en lui avouant qu'il ne pensait pas que ça existait, les livres comme ça.

Les livres « comme ça » sont rarement utilisés en classe. Les adultes ne les connaissent guère et ne peuvent donc vous les conseiller. Alors, je vais me risquer à vous faire une liste de livres (sans obligation de m'envoyer vos fiches de lecture).

J'ai demandé à des écrivains jeunesse de choisir dans leur production deux ou trois romans qui se lisent facilement. Je ne vous propose pas de la lecture au rabais. Ces romans ont souvent eu des prix et de nombreux lecteurs, en attendant que vous en fassiez partie. Ce que je vous ai dit au début de ce livre reste valable pour ces romans : vous n'êtes pas obligé de les lire en entier. Les meilleurs lecteurs ont ceci en commun qu'ils « sautent » des passages en lisant. Pourquoi? Parce que les descriptions les ennuient ou tout simplement parce qu'ils sont pressés. Les écrivains constamment géniaux, ça n'existe pas, et au pays des livres, c'est le lecteur qui est roi. Bonnes lectures!

FRISSONS ET SUSPENS GARANTIS

Quand il était ado, Olivier Cohen est tombé sous le charme de Dracula. Dracula, c'est un mec mal dans sa peau, hanté de monstrueuses envies, mais qui est en même temps très séduisant. Dracula, c'est un ado. Dans *Je m'appelle Dracula*, Olivier Cohen laisse la parole au vampire, et Dracula en profite pour se faire passer pour une victime. Ce court roman a valu à son auteur un courrier enthousiaste des lecteurs, qui lui ont dit : « C'est super, mais y a pas assez d'horreur » et des lectrices qui ont écrit : « C'était bien, mais y a pas assez d'amour. » Pour contenter tout le monde, Olivier a fait la suite, plus corsée : *La Fiancée de Dracula*.

Lorris Murail a la chance d'avoir trois filles comme cobayes pour ses romans. Il a testé sur l'aînée une super parodie de Nestor Burma et des héros de Chandler. Dans *Le Chartreux de Pam*, Dan Martin, détective privé en classe de quatrième, est lancé sur la piste d'un chat kidnappé à la demande d'une « blonde sculpturale » de... treize ans. Si votre papa est un amateur de polars, soyez sympa, prêtez-lui celui-là. À paraître du même auteur : *Dan Martin contre Flic Jr.*, où Dan a un concurrent en la personne du fils d'un flic.

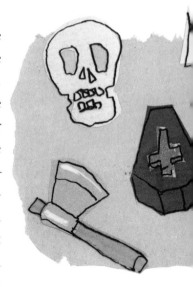

« Je ne vous dirai pas que mes livres sont bons, ils le sont forcément puisque je les ai écrits! s'esclaffe Irina Drozd à l'autre bout du fil. Est-ce qu'un marchand de lessive va vous dire que son produit est nul? Non, jamais. »

Irina écrit des polars très efficaces : *Le Message* ou bien *Les Experts* ou encore *Le Programme assassin*. Il y est question d'ordinateurs, de crimes, de fantômes. À vous de savoir si vous avez envie de tenter l'expérience. Si votre CDI est abonné à « Je bouquine », demandez à votre doc' qu'elle vous mette de côté : *L'enfant qui se taisait*. Irina a fait un tabac avec celui-là.

Les lecteurs de Jean-François Ménard sont exactement ceux dont rêvent tous les parents. Ils lisent pour accroître leur vocabulaire : « Crème de nave! Face de poulpe! Ne restez donc pas plantée là avec votre œil de veau cuit! » Si vous désirez parfaire votre éducation, dépêchez-vous de lire *Quinze Millions pour un fantôme*. Et si vous voulez d'urgence savoir comment on étrangle une chanteuse avec une paire de bottes ou comment étouffer un imprésario dans une jambe de pantalon, procurez-vous *Un costume pour l'enfer*.

Malika Ferdjoukh écrit des livres qui font brusquement découvrir le plaisir de lire. Difficile de choisir dans sa production. Elle vous suggère : *Embrouille à minuit* ou comment garder une boîte mystérieuse dont on ignore le contenu mais que tout le monde veut. Et *L'Assassin de papa* qui se passe sur une péniche, tandis que, dehors, un tueur rôde…

DE L'ACTION, DE L'AVENTURE

Les livres d'Yves-Marie Clément sont à l'image de leur auteur : aventureux et remuants. *Billy Crocodile* raconte ce qui se passe dans le cœur et dans la vie d'un jeune Australien dont le père vient d'être blessé par un crocodile. Les sales bestioles, Yves-Marie connaît bien. Avec ses élèves, il est allé chercher des serpents dans la forêt guyanaise pour en faire une exposition dans son collège ! Du même auteur, je vous citerai aussi *Une ombre à Pétreval*, un roman d'action haletant qui démarre dès les toutes premières pages.

Paul Thiès est un type surprenant. Hâbleur et provocant. Suggérez à votre prof de l'inviter dans sa classe, ça risque de décoiffer. « J'écris toujours des romans d'apprentissage, me dit-il. Mes personnages croulent sous les ennuis. Ils s'évadent, en mer, sur les routes, à la guerre, parfois en rêvant ou en mentant. Ils se fatiguent beaucoup et ils épuisent leur auteur ! » Mais c'est pour la plus grande joie du lecteur. Partez donc à la recherche de Vendredi 13, un jeune Asiatique qui se promène avec un chat noir sur l'épaule dans *Signé Vendredi 13* ou suivez Duende Boy, un jeune Mexicain, qui lave les carreaux le jour et « emprunte » de super bagnoles la nuit dans *Danger sur les gratte-ciel*. S'il vous reste un brin de souffle, allez donner un coup de main à Ali, un jeune esclave du temps des Mille et Une Nuits, pour qu'il gagne sa liberté *(Ali de Bassora)*.

– Je voudrais que tu me fasses une histoire, a demandé un jour Mathieu à son instituteur.

– Quel genre d'histoire?

– Ben, ce serait une histoire comme dans un rêve où je marcherais sous l'eau.

L'instit en question s'appelait Yak Rivais et c'est ainsi qu'est née la série des *Enfantastiques*. Depuis, Yak a donné toutes sortes de pouvoirs aux jeunes de sa classe et aux héros de ses histoires, le pouvoir de voler, bien sûr! ou de se transformer en animal. Mais Yak a, lui, le pouvoir de transformer des collégiens en lecteurs. Batman peut aller se rhabiller. Il a trouvé un rival !

PETITS ET GRANDS PROBLÈMES DE FAMILLE

Et si votre meilleur copain était un enfant battu, qu'est-ce que vous feriez?

La réponse se trouve dans *Pistolet souvenir*. Ce livre, Claude Gutman y tient comme à la « prunelle de ses yeux » parce qu'il a pu y raconter la solidarité des enfants entre eux, à mille lieues de la connerie humaine.

Autre question : et si vos parents divorçaient, qu'est-ce que vous feriez de votre belle-mère? Autre réponse : *Toufdepoil*. Claude regarde le monde des adultes à hauteur des yeux d'enfant. Quand ça se passe pendant la guerre et que l'enfant est juif, ça donne *La Maison vide*. Un roman un peu plus long que les précédents, mais terriblement prenant.

Chris Donner n'aime toujours pas lire. Il s'ennuie vite. L'ennui, c'est le Diable, n'est-ce pas? Il comprend que vous souffriez de rester immobile pour lire. C'est un peu son cas. De lui, je vous recommanderai *Dix Minutes de soleil en plus*, mais c'est un livre qui demande un assez bon niveau de lecture. Chris a plutôt pensé aux *Lettres de mon petit frère*. Les lecteurs ont été épatés de ce que des lettres, comme celles qu'ils enverraient à leurs parents de colonie de vacances, puissent finalement faire une histoire et donc un roman.

Peut-être avez-vous eu l'occasion de voir la famille Fontaine à la télévision? Ce sont des héros de Brigitte Peskine. À la télé comme dans ses romans, ce sont les enfants qui mènent la danse. Romain et sa sœur sont issus d'un couple « domino », papa

blanc, maman noire. Par peur du racisme, la famille vit repliée sur elle-même. À qui les enfants vont-ils demander de l'aide quand les choses iront mal? *(Chef de famille.)* Jérôme vit seul avec son père. Ce n'est pas drôle tous les jours et, pendant les vacances, ça vous met carrément le bourdon. Et si on passait une petite annonce pour trouver une copine à papa pour le mois d'août? *(La Petite Annonce.)*

HISTOIRES D'AMOUR ET D'AMITIÉ

En principe, un écrivain ne dit pas qu'il a lu zéro livre jusqu'à dix-huit ans. Ou qu'un seul livre lu et relu plein de fois, ça vaut tous les livres. Mais Agnès Desarthe est justement l'auteur de *Tout ce qu'on ne dit pas*. Alors, elle a décidé de dire la vérité une bonne fois. La vérité, c'est qu'elle n'a pas trouvé de livres à lire pendant son adolescence et qu'elle a fini par les écrire. Elle aurait aimé qu'on lui parle d'amour, d'amour et de secret. Comme dans *Je ne t'aime pas, Paulus*. Ne vous y fiez pas. À regarder, comme ça, c'est un livre qui fait gros. Mais comme l'ont dit certains mauvais lecteurs avec leur légendaire sobriété : « Ça, ça va, je m'emmerde pas. »

Moka écrit dans des genres très variés. Si vous voulez comme à Carrefour vous « positiver la vie », je vous recommanderai sa série qui va de *Ailleurs* à *À nous, la belle vie!* Vous y apprendrez comment on épouse à seize ans un homme qui pourrait être votre père, entre autres choses aussi indécentes que réconfortantes. Pour les amateurs d'horreur, signalons le déjà célèbre *Enfant des ombres* que Moka avoue avoir écrit « rien que pour son plaisir ». Aucun sens moral, cette fille!

C'est grâce à Pilou que Sandrine Pernusch a pu écrire pour vous le *Journal secret de Marine* et *On t'aime, Charlotte*. Non, ne cherchez pas. Pilou n'est

ni le nom de son chien ni le surnom de son petit dernier. C'est le nom de son ordinateur. C'est à Pilou que Charlotte, l'orpheline, a confié sa détestation de toutes les familles d'adoption qu'on lui a proposées. C'est à lui que Marine a avoué son premier grand chagrin. Pilou est un confident sûr et les romans de Sandrine sont des amis fidèles.

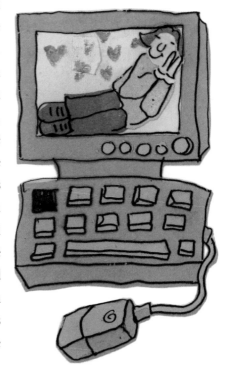

QUAND LES ÉCRIVAINS RACONTENT L'ÉCOLE

Qu'elle vous conseille deux de ses titres? Susie Morgenstern n'hésite pas : c'est les *Deux Moitiés de l'amitié* et *La Sixième*. Pourquoi? Parce que ce sont ses best-sellers. « La popularité d'un livre est un bon signe, me dit-elle avec son bel accent américain. Les gens ne sont pas fous! » *La Sixième*, que Susie a écrit à partir de la sixième très ordinaire de sa fille Mayah, ça fait maintenant quinze ans que ça marche sur les lecteurs et que ça marche à tous les coups. « C'est foolproof! », sûr et sans appel! Mais il y a trente-huit autres livres de Susie que vous pourriez aussi lire. Moi, j'ai un faible pour *C'est pas juste* qui conte les aventures et mésaventures d'une écolière qui veut devenir milliardaire, et pour *Terminale, tout le monde descend*, écrit en collaboration avec Aliyah, l'autre fille de Susie.

C'est son premier roman. Ce *Rendez-vous au collège* pour ainsi dire, je l'ai vu naître. Stéphane Méliade, un jeune auteur, m'a envoyé le manuscrit avant d'avoir trouvé un éditeur. Pour lui, « la lecture n'est pas une case de plus dans l'emploi du temps. C'est quelque chose de vivant, d'insoumis, qui vous empêche de dormir. » Dans son deuxième roman, qui va bientôt paraître, *Il faut scier le zèbre*, le héros dit : « J'adore lire comme j'adore manger, uniquement quand j'ai faim. » Ce *Rendez-vous au collège*, vous allez le dévorer.

DES HISTOIRES D'ADOS

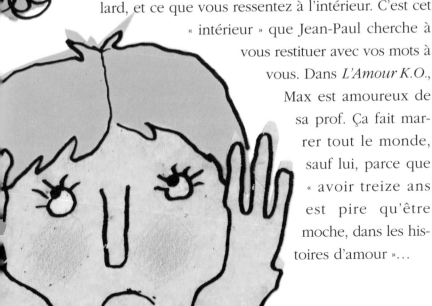

Ma vie, c'est l'enfer. Non, ce n'est pas ce que m'a répondu Jean-Paul Nozière quand je lui ai demandé de ses nouvelles au téléphone. Mais c'est ce que pense Marco, quinze ans, qui a tous les malheurs, à commencer par celui de s'appeler Lepet. Marco Lepet. Un vrai coup du sort. Si on ajoute à cela une acné des plus florissantes et une maladie incurable, la trouille, on comprendra que le titre de ce roman est bien mérité. Il y a un monde entre ce que vous paraissez être quand on vous voit en bande, plutôt décontracté et rigolard, et ce que vous ressentez à l'intérieur. C'est cet « intérieur » que Jean-Paul cherche à vous restituer avec vos mots à vous. Dans *L'Amour K.O.*, Max est amoureux de sa prof. Ça fait marrer tout le monde, sauf lui, parce que « avoir treize ans est pire qu'être moche, dans les histoires d'amour »…

La plus jolie chose que Brigitte Smadja ait entendue dans la bouche d'un de ses lecteurs? « J'aime tellement votre livre que je le prêterai jamais! » Que ce soit *Billie* ou *J'ai hâte de vieillir*, les romans de Brigitte sont de ceux qui vous atteignent à cet endroit, au fond du cœur, que vous ne montrez pas. On n'aime pas parler de ces livres-là en classe, devant les autres. Ce sont des livres pour soi.

Des mots qui courent les rues, des chapitres de quatre pages ou de cinq lignes. Thierry Lenain revendique l'appellation d'auteur fainéant pour lecteur fainéant. Au fait, il se fiche que vous le lisiez. Il veut seulement vous parler. D'une adolescente qui fugue et d'un jeune qui l'héberge. Entre eux deux : la drogue *(Un pacte avec le diable)*. De Thomas qui se demande s'il aurait pu sauver son père. S'il est coupable d'être, lui, vivant *(Crève-la-faim)*. Les livres de Thierry *(La Fille du canal, Un marronnier sous les étoiles...)* : à écouter d'urgence.

« Quel livre de vous conseilleriez-vous à de mauvais lecteurs? » Ma question a l'art d'embarrasser les écrivains. Anne-Marie Pol a décidé de faire appel à son renfort : sa nièce Oriane (douze ans).

À elles deux, elles ont élu *Hector et l'Archange de Chihuahua*. Pourquoi ? « Parce que c'est du quotidien rendu magique par le regard qu'on porte sur lui », analyse Anne-Marie. « Parce que c'est narquois ! » décrète Oriane. Pour le deuxième titre, Oriane n'est pas d'accord avec sa tante. Elle a choisi *Papillon de papier*, qui raconte la vie d'un petit rat de l'Opéra. Un choix très « fille ». Anne-Marie Pol préfère indiquer *La Reine de l'île* parce que de nombreuses mamans lui ont dit :
— Mon fils a commencé à aimer lire grâce à votre héroïne, Liselor.
Voilà la balance rétablie côté garçons. Oriane et Anne-Marie, merci !

Pour finir, je vous signale dans ma production deux romans-miroirs qui m'ont valu l'amitié des mauvais lecteurs : *Devenez populaire en cinq leçons* et *Baby-sitter blues*.

Où trouver ces livres ?

Ce n'est pas compliqué. Vous pouvez les commander à votre libraire (c'est payant) ou les demander à votre bibliothécaire (c'est gratos). Il vous faudra donner les références suivantes :

Yves-Marie CLÉMENT

- *Billie Crocodile*, Cascade aventure, Rageot.
- *Une ombre à Pétreval*, Milan, collection « Zanzibar ».

Olivier COHEN

- *Je m'appelle Dracula*, Bayard Poche, « Je bouquine ».
- *La Fiancée de Dracula*, Bayard Poche, « Je bouquine ».

Agnès DESARTHE

- *Tout ce qu'on ne dit pas*, L'École des loisirs.
- *Je ne t'aime pas, Paulus*, L'École des loisirs.

Chris DONNER

- *Dix Minutes de soleil en plus*, Gallimard, Page Blanche.
- *Les Lettres de mon petit frère*, L'École des loisirs.

Irina DROZD

- *Le Message et les Experts*, Casterman, collection « Mystère ».
- *Le Programme assassin*, Albin Michel, collection « Albin Poche ».

Malika FERDJOUKH

- *Embrouille à minuit*, Éditions Syros, « Souris noire Plus ».
- *L'Assassin de papa*, Éditions Syros, « Souris noire Plus ».

Claude GUTMAN

- *Pistolet souvenir*, Pocket Junior.
- *Toufdepoil*, Pocket Junior.
- *La Maison vide*, Gallimard, collection « Folio », édition spéciale.

Thierry LENAIN

- *Un pacte avec le diable*, Éditions Syros.
- *Crève-la-faim*, Hachette Verte aventure.
- *La Fille du canal*, Éditions Syros.
- *Un marronnier sous les étoiles*, Éditions Syros.

Stéphane MÉLIADE

- *Rendez-vous au collège*, Cascade, Rageot.
- *Il faut scier le zèbre*, Milan, collection « Zanzibar ».

Jean-François MÉNARD

- *Quinze Millions pour un fantôme*, L'École des loisirs.

- *Un costume pour l'enfer*, L'École des loisirs.

MOKA

- *Ailleurs, rien n'est tout blanc ou tout noir*, L'École des loisirs.

- *À nous, la belle vie !*, L'École des loisirs.

- *L'Enfant des ombres*, L'École des loisirs.

Susie MORGENSTERN

- *La Sixième*, l'École des loisirs.

- *Les Deux Moitiés de l'amitié*, Cascade, Rageot.

- *C'est pas juste*, L'École des loisirs.

- *Terminale, tout le monde descend*, L'École des loisirs.

Lorris MURAIL

- *Le Chartreux de Pam*, Cascade policier, Rageot.

- *Dan Martin contre Flic Jr.*, Cascade policier, Rageot.

  Marie-Aude MURAIL
- *Baby-sitter blues*, L'École des loisirs.
- *Devenez populaire en cinq leçons*, Bayard Poche, « Je bouquine ».

  Jean-Paul NOZIÈRE
- *Ma vie, c'est l'enfer*, Gallimard, collection « Folio Junior ».
- *L'Amour K.O.*, Cascade, Rageot.

  Sandrine PERNUSCH
- *Le Journal secret de Marine*, Cascade, Rageot.
- *On t'aime, Charlotte*, Cascade, Rageot.

  Brigitte PESKINE
- *Chef de famille*, L'École des loisirs.
- *La Petite Annonce*, L'École des loisirs.

  Anne-Marie POL
- *Hector et l'Archange de Chihuahua*, Éditions Nathan, collection « Arc-en-poche ».
- *Papillon de papier*, Édition de l'Atelier, collection « Histoires vraies ».
- *La Reine de l'île*, Castor Poche.

  Yak RIVAIS
- La série des *Enfantastiques*, L'École des loisirs.

  Brigitte SMADJA
- *Billie*, L'École des loisirs.
- *J'ai hâte de vieillir*, L'École des loisirs.

  Paul THIÈS
- *Signé Vendredi 13*, Cascade policier, Rageot.
- *Danger sur les gratte-ciel*, Bayard Poche, « Je bouquine ».
- *Ali de Bassora*, Cascade aventure, Rageot.

Conception graphique et réalisation : Rampazzo & Associés.
ISBN : 2-73-242236-3
Dépôt légal : mars 1996.
Imprimé en Espagne par Fournier Artes Graficas.

Be